浪花朵朵

大作家写给孩子们

# 我的心发芽了

[英] 约翰·高尔斯华绥 著

尚新 译

上海人民美术出版社

七月的下午，罗滨希尔山庄。五点钟的阳光从巨大的天窗洒进来，照得大厅透彻明亮，又落在宽阔的楼梯转角处，投下明亮的光影。小乔恩·福尔赛站在光影里，身上穿着蓝色亚麻布套装，头发也闪闪发亮。他微皱着眉头，苦思冥想：等爸妈回来，该怎样下楼去迎接呢？一步跨四个台阶？还是五个？过时了！还是沿楼梯扶手一滑而下？脸朝下脚在前滑下怎样？太老套啦！肚子朝下横着滑下去怎样呢？太小儿科了！是四仰八叉滑下去？这可使不得！还是脸朝下头前脚后地滑下？这个姿势只有他想得出。这些考虑和想法，都写在乔恩阳光灿烂的脸上，让他看上去有些一筹莫展。

在那个 1909 年的夏天，已经有一些

心性单纯的人渴望着简化英语；当然了，这些人显然不知道小乔恩的存在，不然他们肯定会声称乔恩是他们的信徒。不过，人们想得也许太过简单了。乔恩的全名是乔里恩（Jolyon），他的爸爸和已经过世的、同父异母的哥哥也是这个名字，而他们早就占用了其他简化名，分别是"乔"（Jo）和"乔利"（Jolly）。小乔恩为能"合乎惯例"可谓是使出了浑身解数，先是把名字拼成了"Jhon"，然后是"John"；直到爸爸向他解释正确拼写的必要性之后，他才把名字写成"乔恩"（Jon）。

JHON

JOHN

JON

　　那年夏天，在乔恩的心里，除了马夫鲍勃和保姆"嗒"，剩下的就是爸爸了。马夫鲍勃会拉六角手风琴。保姆"嗒"很有意思，总爱在周日的时候穿上紫罗兰颜色的衣服；即使她是家佣也可以享有私人时光，私下里她的名字是"斯普拉金斯"。妈妈则像梦中的仙女一般，身上带着香气，爱抚他的脸，捋着他金棕色的头发，直到他入睡。有一次，他的头撞在育儿室的挡板上，破了一道口子，妈妈心如刀割。在乔恩做噩梦的时候，妈妈就坐在床上，把他搂在胸口。她是那样可亲，却又显得遥

不可及，因为保姆"嗒"总在左右陪护着

小乔恩。唉！一个男人的心里呀，一段时

间里仅仅能容得下一个女人。

　　当然了，他与爸爸也有特殊的纽带

联系着：涂画。小乔恩也想像爸爸那样，

鲍勃会拉六角手风琴！

长大后成为一名画家。不过，爸爸是在画布上画画的，小乔恩却想要涂天花板、墙呀之类的——架起两个叉梯，中间搭上一块木板，穿上脏兮兮的白围裙，站在木板上，一边刷墙，一边闻着好闻的刷墙粉味道。爸爸也会带着他骑马，在里奇蒙德公园兜风。马驹的名字叫"老鼠"，因为它的颜色像老鼠。

小乔恩含着银汤匙出生，家境优越。爸妈从未恶言相向，也从不对包括他在内

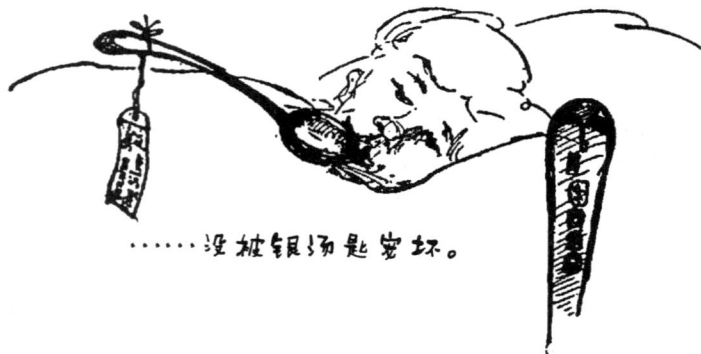

……没被银汤匙宠坏。

涂料缸

的任何人出言不逊。马夫鲍勃、厨师简和
贝拉以及其他用人，甚至包括对他严加管
教的"嗒"，和他说话时都会用上特别的
语气。因此，他眼中的世界充满了温柔和
自由，真是完美无缺。

and a lovely smell
of whitewash

WHITEWASH.

乔恩生于 1901 年。他的意识开始形成的时候，正逢英国从猩红热和布尔战争中解脱出来，酝酿着 1906 年的自由复兴。压制不再流行，父母们给予孩子充分的自由。他们放下了棍子，对孩子甚是宠溺，满腔热情地期待着良好的教育结果。

乔恩在"选择父母"上做得很出色、很明智。生他时，爸爸 52 岁，性格和蔼可亲，已经失去过一个独子；妈妈 38 岁，乔恩是她的第一个也是唯一的儿子。他之所以既没有长成唯唯诺诺的哈巴狗，也没有变成小淘气，与爸爸对妈妈的敬爱不无关系。小乔恩觉察到，这个女人不只是他的妈妈，她在爸爸的心里比自己更重要。至于他在妈妈心里处于何种地位，小乔恩还吃不准。珠妮"阿姨"其实是他同父异母的姐姐，但是她年龄太大了，以至于两人已不像姐弟。当然，珠妮也是爱他的，但总有些唐突。即便是忠诚的"嗒"，对他也不是黏黏糊糊的，而是给他洗冷水澡，穿衣服则让他裸露着膝盖。没人鼓励乔恩可怜自己。

　　至于他的教育问题，着实有些麻烦。小乔恩深信, 孩子们不应该被强迫着学习。

快乐猪和
其他动物……

他相当喜爱他的法文老师。法文老师被称作"女士"，每天上午来两个小时，除了教他法文外，还教历史、地理和算术。妈妈负责教小乔恩钢琴，她的课也上得不赖，她总有办法引导小乔恩，从一首曲子练习到另一首曲子；若乔恩不喜欢某首曲子，她也从不逼着他练习。因此，乔恩甚至总渴望着练琴呢。在父亲的指导下，乔恩学会了画快乐猪和其他动物。虽然接受教育的程度不高，但总体上，他也没被银汤匙宠坏。只不过乔恩的保姆"嗒"有时说，去跟其他孩子一起玩，其实对他更有好处。

他洗的是冷水澡。

乔恩快七岁的时候，完美世界的幻象破灭了一次。当时他想做一件什么事，保姆"嗒"就是不允许，把他摁在了地上，不让他起身。这种对福尔赛家族自由个人主义的干涉，几乎让他崩溃。那种被摁在地上的感觉，使他感到彻底无助，实在可怕，而且不知何时才会罢休。万一她再也不让他起来了呢？他受着折磨，扯着嗓子喊了足有五十秒。更糟的是，他感觉保姆"嗒"用了整整五十秒的时间，才意识到他因恐惧正遭受着极大的痛苦。就这样，乔恩糟糕地发现，人类竟这样缺乏想

"十个手指"

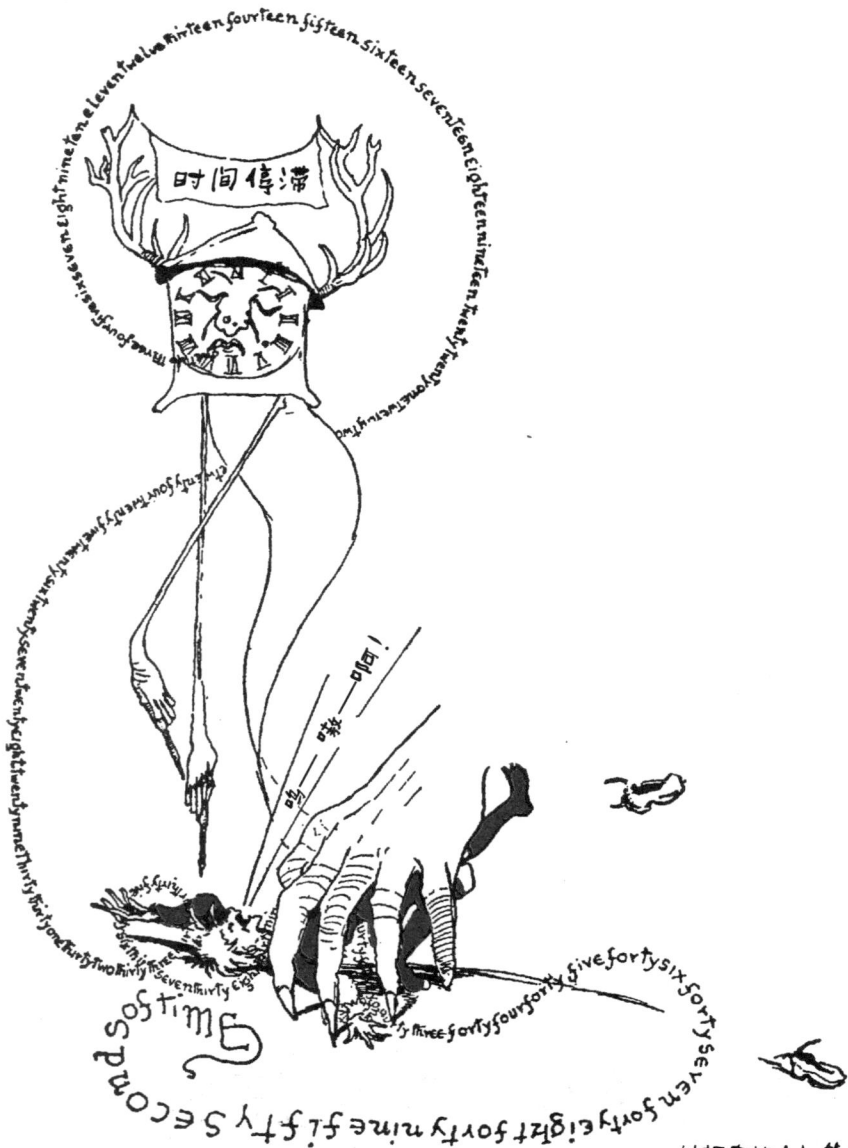

时间停滞

one two three four five six seven eight nine ten eleven twelve thirteen fourteen fifteen sixteen seventeen eighteen nineteen twenty twenty one twenty two twenty three twenty four twenty five twenty six twenty seven twenty eight twenty nine thirty thirty one thirty two thirty three thirty four thirty five thirty six thirty seven thirty eight thirty nine forty forty one forty two forty three forty four forty five forty six forty seven forty eight forty nine fifty seconds fifty one fifty two

吧 哎 一啊！

被摔在地上！简直太"有失
体面"了——他的哥哥弗
利可能会这样说。

象力！事情过去之后，小乔恩虽不愿打她的小报告，但由于害怕此类事件再次发生，他不得不向妈妈求助，"妈妈，别再让保姆'嗒'把我摁在地上了。"

妈妈正梳着头，双手举过头顶，两根辫子握在手里——她的发色是"枯叶之色"（couleur de feuille morte），小乔恩当时还没学会这个法语表达——听他说出这种话，她怔怔地看着他，眼睛瞪得大大的，"好的，宝贝，我不会允许她再这么干了。"

妈妈的品性像女神，这一点他深感

满足。特别是有一天吃早餐，他在等着蘑菇上桌，就钻到餐桌下面，碰巧听到妈妈对爸爸说："那么，亲爱的，是你跟'嗒'谈谈，还是我来谈？她对乔恩太上心了。"爸爸回答道："嗯，她不应该用这种方式的。我可知道被摁在地上的滋味，任何一个福尔赛家的人都无法忍受，哪怕是一分钟。"

想到自己就在桌子底下，父母却浑然不知，乔恩感到有些尴尬，又不好意思出来。吃蘑菇的欲望煎熬着他，也只好忍着。

吃蘑菇的欲望煎熬着他。

　　这算是乔恩初次跌入存在的深渊。打那以后倒也没啥，直到有一天，他去牛舍喝鲜牛奶。格拉特刚把牛奶挤好，乔恩看到克拉芙的牛犊死了，这可让他悲恸欲绝。格拉特很不安地跟在他身后。乔恩到了保姆"嗒"那里，突然意识到要找的人不是她，又跑开去找爸爸，结果跑进了妈妈的怀抱。

　　"克拉芙的牛犊死啦！哦！哦！牛犊看着是那样软软的！"乔恩抽噎道。

　　妈妈紧紧地拥着他，说道："是呀，宝贝。好啦好啦。"他这才止住了抽泣。

存在的深渊

世界开花了。
（管它是什么意思呢！）

但如果克拉芙的牛犊会死，那么任何东西也都会死——不只是蜜蜂、苍蝇、甲虫，还有小鸡——而且看上去会是软软的，这实在可怕呀！而且它们不久就会被人们遗忘！

接下来发生的一件事，是守着一只大黄蜂。对他来说，那也是段心酸的经历。保姆"嗒"不太明白乔恩为什么这么做，但妈妈理解他。之后就没什么重要的事情发生。到了新年，乔恩病倒了，身上都是小红点，怪可怜的。于是他卧床休息，享受着用汤匙喝蜂蜜的待遇，吃下了许多橘子。世界这才像是开满了鲜花。他得感谢

床榻、蜂蜜、橘子和小红点……

珠妮"阿姨"，因为他刚病倒，珠妮就从伦敦冲过来，带来了一些书——正是这些书滋养了她身上的狂暴气质。这些书历经岁月，收藏也颇费周折。她先是读给乔恩听，待他病情好转，才允许他自己阅读，而她飞奔返回伦敦时，留给了他一堆的书。这些书编织了他的幻想，直至他所思所梦全是海军军官候补生、阿拉伯三角帆船、海盗、木筏、檀香木商人、铁马、鲨鱼、战斗、鞑靼人、印第安人、热气球、北极，以及其他一些不切实际的乐趣。从床上起身的时候，要是没人管，他就摇晃着床，

放在火上

烘成肉干

忽前忽后；他坐在一个狭窄的浴盆里，从床上启航，跨越地毯的绿色海洋，来到一块岩石跟前，再通过红木抽屉的把手，爬上岩石，然后把平角玻璃杯罩在眼睛上，来全面观察天际，搜寻救援船只。他用毛巾架、茶盘和枕头做了一只日用的木筏。吃法国李子的时候，他特意节省下一些汁水，装在一个空药瓶里充当朗姆酒；省下来的鸡肉片则放在火上烘干作为肉干，在木筏上供应；再用橙子皮挤出汁水，配合节省下来的其他果汁，制成酸橙汁，用来预防败血症。一天早上，除了垫枕，他用

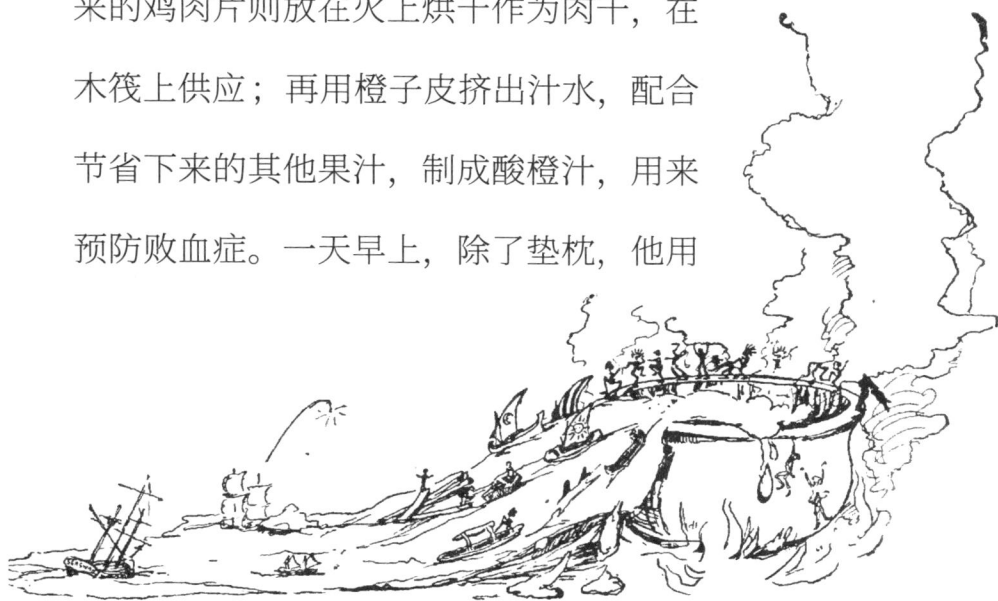

"海盗船"扬帆了！

床上所有的铺盖做了一个北极；又将垫枕和四块木头组合起来，用"嗒"的晚礼服装扮成一头北极熊。在与北极熊酣战之后，他划着桦树皮独木舟（实际上是由一块挡泥板充当的）来到了北极。

自那以后，爸爸为了稳住他的想象力，给他买了《艾凡赫》、《贝维斯》、一本关于亚瑟王的书，还有一本《汤姆·布朗的学校生活》。乔恩读了第一本，其后的三天里，他就建造了一座防御城堡，并发起冲锋，突袭牛面将军。乔恩扮演了书中除了瑞贝嘉和罗维娜以外的所有角

菲茨和帕克……

色，还不断地尖叫着"冲啊，德布雷西！"之类的话。读了亚瑟王的故事后，乔恩坚定地要做拉莫拉克·德·加里奇爵士。尽管书中关于拉莫拉克爵士的情节不多，但和其他骑士相比，他更喜欢拉莫拉克这个名字。乔恩模仿拉莫拉克，手持长竹竿，骑

骑着木马……

......不许别人胡来!

着他的破旧摇摇木马，战斗到了最后。乔

恩觉得《贝维斯》平淡无奇，而且演这个

故事还需要木头、动物等道具，乔恩的育

儿房里除了有两只猫，别的什么也没有。

这两只猫一只叫菲茨，另一只叫帕克，它

们可不许别人胡来。至于《汤姆·布朗的

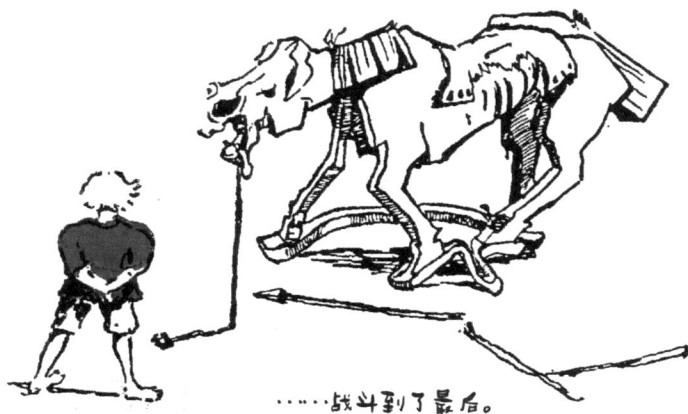

......战斗到了最后。

学校生活》这本书，乔恩还太小，读不了。四周之后，病好痊愈，他终于获准下楼出门了，全家上下都松了口气。

到了阳春三月，树木枝繁叶茂，看上去特别像船桅。对乔恩来说，那是个超棒的春天，不过对他的膝盖、衣服还有保姆"嗒"的耐心，却是极度的考验。保姆不得不把他的衣服拿来洗个不停，补个不停。每天早晨，早饭一结束，透过房间的窗户，乔恩的爸妈就能看到乔恩从书房走出，穿过露台，爬上老橡树，神情刚毅，发色明亮。乔恩就这样开始了新的一

奶酪、饼干和法国李子——足以供应一艘小帆船。

天。因为要上课，乔恩其实没有时间跑远处去玩。老橡树有主桅杆、前桅杆、顶桅杆，乔恩总能沿升降索或秋千绳爬上滑下，玩法从不乏味。十一点，课程结束，乔恩就跑到厨房，取来一薄片奶酪、一块饼干和两只法国李子——足以供应一艘小帆船——然后以某种想象的方式吃掉这些东西，之后再用步枪、手枪和剑，将自己全副武装，开始上午最危险的攀爬，一路上遭遇数不清的奴隶贩子、印第安人、海盗、猎豹，还有大熊。在这一时间，常可见到乔恩嘴里叼着一把短弯刀（学的是迪科·尼德汉姆），穿梭于一连串的爆炸中。爆炸场面是由花匠的帽子来充当的，甚至不少花匠也被他用小枪射出的黄豆粒击中倒下。这段日子，乔恩过得可谓是最暴力的那种生活。

橡树下。"乔恩呀，"爸爸对妈妈说，"实在可怕，恐怕他以后也就做个水手，或者其他没出息的职业。你能看出他对美有鉴赏力吗？"

"根本就没有啊！"妈妈答道。

"嗯，感谢上苍，他不是玩轮子或机器的那块料！我最忍受不了的就是这些

东西了。不过我倒希望他能对自然更感兴趣些。"爸爸又说。

"他挺有想象力的呀。"妈妈说。

"没错。不过是以一种暴力的方式。就说现在吧，他爱过任何人吗？"爸爸问道。

"倒是没有。但他爱每个人。没人比乔恩更有爱心或更可爱了。"妈妈说。

"毕竟他是你的儿子，艾琳。"爸爸回道。

这一刻的小乔恩，正趴在老橡树的一个枝丫上，射出两粒黄豆，将爸妈双双击中。可是谈话的片段却深深盘踞在他的小脑袋里。具有爱心，可爱，有想象力，还暴力呢！

这时的树叶已经比较厚实了，他的生日也到了，就在五月十二号。他的生日总是过得很难忘，生日晚餐他喜欢选甜面包、蘑菇、蛋白杏仁饼干，还有姜汁汽水。

但是，从八岁生日开始，到他站在楼梯转角处沐浴七月阳光的那个下午的这段时间里，发生了几件重要的事情。

保姆"嗒"或许因为洗他的膝盖洗累了，或许因为受某种本能的驱使，竟在他生日的第二天以泪洗面地离开了，说是"要嫁人了"。这种本能竟如此神秘，能让保姆抛弃抚育的孩子！保姆离开的时候，大家都瞒着乔恩。当他得知这一消息后，整个下午他都伤心欲绝。不该瞒着他的呀！不过，两大箱子的步兵，还有一些炮兵，以及作为他生日礼物的《年轻的号手们》一书，使他化悲痛为行动，开始玩想象游戏，只是他不再亲自冒险，而是让数不清的锡兵、玻璃球、石子以及豆粒去拼命。所有这些能发射的玩意儿，他尽力收集，而且交替使用，用来打半岛战争、

七年战争以及三十年战争。有关这些战

争，都是他近期在《欧洲史》中读到的。

这可是一本大部头的书，是他的祖父留下

提利

的。乔恩异想天开，把这些战争改头换

面，在育儿房的地板上全部玩了个遍。没

人愿意来这里，怕打扰了瑞典国王古斯塔

夫二世·阿道夫，或是踩到了奥地利大军。

乔恩沉迷于奥地利军队，因为他喜欢"奥

地利"这个名称。但奥地利军队打胜仗实

在太少，乔恩不得不在游戏里虚构他们打

了胜仗。他最喜爱的奥地利将军有尤金亲

王、查理大公以及沃伦斯坦。提利和麦克

（有一天他听到爸爸称他们为"音乐厅轮班"——谁知道是什么意思）虽是奥地利人，却让人喜欢不起来。他还偏爱图任尼这个名字，也是因为它的发音。

麦克

从五月到六月中旬，这种战争游戏持续地进行着。这着实让他父母担忧，因为这个时间段，孩子本该到户外活动的，乔恩却偏偏待在屋里。这种情况一直持续到他爸爸带来两本书，一本是《汤姆·索亚历险记》，另一本是《哈克贝利·费恩历险记》。读了这两本书，他心里有所触动，重新开始了户外活动，并热切地想要

假想中打下来的鸟

寻找一条河流。但罗滨希尔山所在地区并没有河流，乔恩只好在池塘里造一条小河。池塘里恰好有睡莲、蜻蜓、小蚊虫以及芦苇草，岸边还有三棵小柳树。他爸爸和格拉特经过试探，发现池塘深度不过两英尺，底部比较坚实，这才给他买了一只可折叠的独木舟。乔恩每天都花大把大把的时间来划独木舟，或躺在独木舟里，以躲避想象中的印第安人和其他敌人。他找来空饼干盒子，在池塘岸边搭了个四平方英尺的小棚子，用大树枝做屋顶。在小棚子里，他生起小火，假装在火上烤灌木丛里

并不存在的鱼

小棚子

真实样子的小棚子

乔恩眼中的小棚子

钟形虫

寄生虫

球团藻

硅藻

轮虫

打来的鸟儿，或者装模作样地在火上烤鱼吃——鱼儿是他想象着从池塘里抓来的，实际上池塘里根本没有鱼。

就这样，乔恩度过了六月里余下的时间以及整个七月，而他的爸妈却远在爱尔兰度假。这五周的时间，正是夏日炎炎的天气，他与玩具枪、小棚子、水以及独木舟为伴，孤独地排演着冒险的生活。尽管乔恩的头脑非常活跃，一刻也静不下来，

可不管怎样努力回避审美问题，美感还是偶尔来光顾他，停落在蜻蜓的翅膀上，闪耀在睡莲上，或者当他在伏击中仰面而躺时，轻抚在他的眼睛上。

这段时间负责照料他的珠妮"阿姨"，也有个"大人"陪她。此人咳嗽不停，还带着一大块油灰泥，要把它做成一张脸的样子。因此，珠妮几乎未到池塘来看过他。不过，有一次，她带来了另外两个"大人"，小乔恩碰巧赤裸着身体，满身涂的都是他爸爸的水彩，以亮蓝色与黄色条形相间，还在头发上插了一些鸭毛。乔恩看

见他们朝池塘走来，就赶紧躲在柳树后面。就如乔恩所预见的那样，这帮人走到小棚子这里，跪下来朝里面看。乔恩突然跳出来，大吼了一声，令人毛骨悚然，把珠妮和另一位女"大人"吓得够呛。那两位"大人"的名字，一位叫赫丽"阿姨"，另一位叫法尔"叔叔"。那男的棕色脸膛，腿有点瘸，朝着乔恩大笑不止。他有点喜欢赫丽"阿姨"——好像也是一位姐姐，就像珠妮一样。他们当天下午就离开了，乔恩再也没有见过他们。就在乔恩的爸妈回来的三天前，珠妮"阿姨"也匆匆告别，带走了那个咳嗽的"大人"，油灰脸模子也带走了。"女士"说道："可怜的人啊！他可病得不轻呢！我禁止你到他的房间里去，乔恩。"乔恩很少去做被禁止的事，尽管他感到厌烦和孤独，但也忍着不去。

事实上，池塘里玩耍的快乐日子已经过去，他满脑子都是局促不安，想要某些东西——既不是树，也不是枪，而是某种温柔的东西。那最后的两天仿佛有几个月那么长——尽管他可以读《海上风云》这本书，里面讲述的是郦妈妈驾船遇险，点燃篝火自救的故事。这两天里，他在楼

梯上跑上跑下不下一百次，还经常从育儿房偷偷跑到妈妈的房间，把所有东西看一遍，但并不去碰它们，然后又到更衣室，还用一条腿立在浴盆边，就像斯林斯比那样，神神秘秘地低声说"呵，呵，呵，喵了个咪"，以求好运。然后，又偷偷地回到妈妈房间，打开妈妈的衣柜，深深地嗅了一下，这一嗅仿佛把他带回了——他说不上来到底是哪里！

现在，乔恩站在阳光投下的光影里，自我辩论着，到底用哪一种方法下楼梯，去迎接他的爸爸妈妈。所有想到的方法，

"喵了个咪！"

都好像比较蠢。乔恩突然产生了一种倦怠感，开始逐级走下楼梯。就这样下楼梯的时候，他清楚地记起了爸爸的样子——灰色的胡子，短短的；深深的眼睛，闪闪的；还有两眼之间的皱纹，略显古怪的笑容，瘦长的身形。在小乔恩看来，他爸爸个头真的很高。可他眼前浮现不了妈妈的样子，仅有两只深色眼睛回头望着他，摇摆不定的；还有就是她衣柜里的味道。

贝拉在大厅里，拉开巨大的窗帘，

"呵，呵，呵，喵了个咪！"

打开了前门，乔恩不无哄骗地对她说——

"贝拉！"

"是，少爷。"贝拉回应道。

"他们到了后，给我们上点茶来，就在橡树下面，我可知道他们最喜欢这样了。"乔恩说道。

"你的意思是你最喜欢吧。"贝拉说。

乔恩略加思索，说道："不，是他们喜欢！他们要讨好我的。"

贝拉微微一笑："很好！我去拿。你在这里安静待着。他们到来之前可不要淘气。"

果酱！！

乔恩点了点头，选了最底层的台阶，
坐了下来。贝拉走近了，看了看他。

"站起来！"她说。

乔恩站了起来。她仔细打量着他：
后背上没有沾草，双膝似乎也比较干净。

"好吧，"她说，"看看你，晒得
黝黑黝黑的。来个吻吧！"

她在小乔恩的头发上匆匆吻了一下。

"今天吃什么果酱？"乔恩问道，"我

他没有被草沾脏衣服。

真是厌烦了等来等去的。"

"醋栗酱和草莓酱。"贝拉说。

嗯，是他的最爱！

贝拉走了。乔恩静静坐着，有好一

会儿。

Ⅰ

帆船···

Ⅱ

···白···

大厅很宽敞，也十分安静，厅门向东敞开着。透过门庭，可以看见乔恩的一棵树，好似一艘双桅帆船缓缓驶过草坪。大厅里，柱子的影子不断倾斜。乔恩站起身来，跳过其中一个影子，围着大厅中央

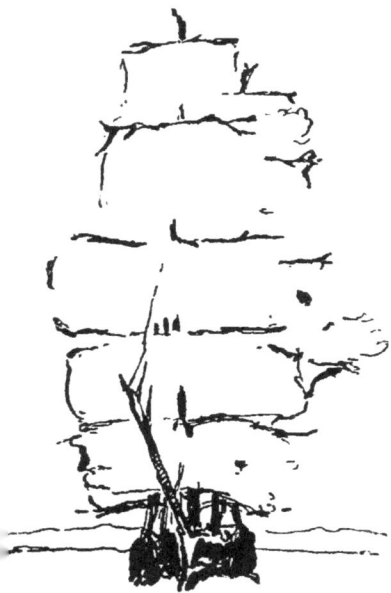

Ⅲ

…进化…

Ⅳ

…女

想抓住阳光

的灰白大理石池子走了一圈。池子里长满了鸢尾花，花儿很漂亮，只是香味比较淡。他站在门廊里，向外张望。万一！——万一他们没有回来，他等得太久了，这简直让他受不了。刚想到这里，乔恩的注意力立刻又转移了。他发现，灰蓝色的阳光里飘浮着灰尘颗粒，他猛地伸出手，徒劳地想抓住它们。贝拉应该给那片空气除尘的！但或许这些不是灰尘，而是阳光。乔恩就走到门外，看看室外的阳光与室内的是否一样。结果并不相同。

虽然他说过会待在大厅里保持安静，

圆桌雏菊骑士

特里斯坦爵士

（"一位对拘谨的骑士"——法文老师这样告诉乔恩。）

兰斯洛特爵士

帕拉梅德斯爵士

波尔斯爵士
（一位漂亮的人物）

高文爵士

拉莫拉克爵士

但他再也忍受不住了。他穿过铺着碎石的车道，在远处的草地上躺了下来，折下六朵雏菊花，认真地给它们挨个命名：拉莫拉克爵士、特里斯坦爵士、兰斯洛特爵士、帕拉梅德斯爵士、波尔斯爵士、高文爵士。他让这些爵士两两相斗，最终只剩下拉莫拉克的脑袋是完整的，这是他特别选了个壮实的花茎的缘故。即便如此，经过三轮决斗，拉莫拉克爵士也已显得筋疲力尽，摇摇晃晃地立在那儿。

草丛里，一只甲壳虫在慢慢爬行着。（草丛该修剪一下了！）每个叶片就是一

大战过后的拉莫拉克爵士

特里斯坦爵士　波尔斯爵士　高文爵士

兰斯洛特爵士　帕拉梅德斯爵士

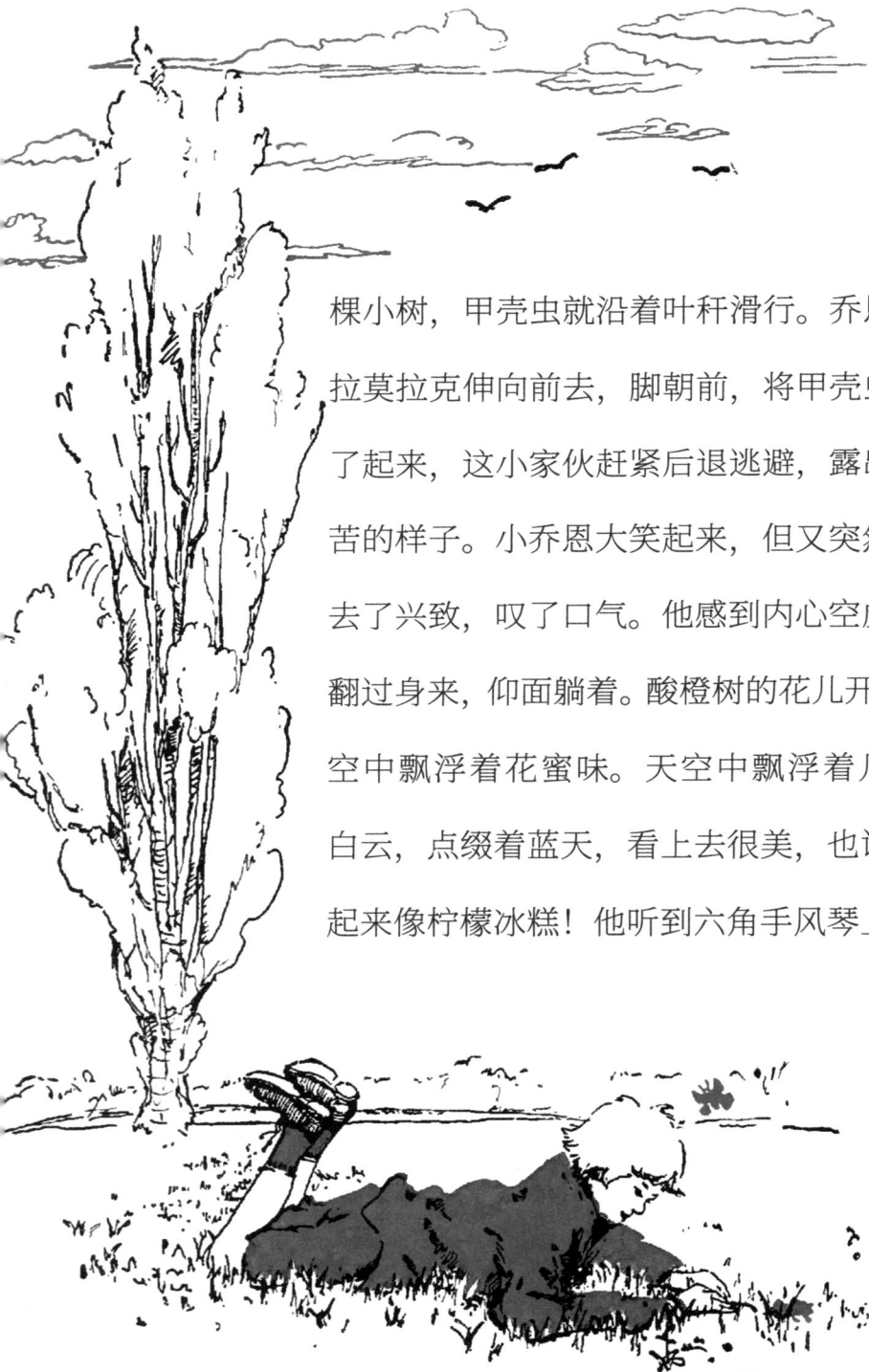

棵小树，甲壳虫就沿着叶秆滑行。乔恩将拉莫拉克伸向前去，脚朝前，将甲壳虫挑了起来，这小家伙赶紧后退逃避，露出痛苦的样子。小乔恩大笑起来，但又突然失去了兴致，叹了口气。他感到内心空虚，翻过身来，仰面躺着。酸橙树的花儿开了，空中飘浮着花蜜味。天空中飘浮着几朵白云，点缀着蓝天，看上去很美，也许尝起来像柠檬冰糕！他听到六角手风琴上传来的音乐声，这是鲍勃在弹奏《沿着萨旺尼河而下》。这音乐既动听又悲伤。乔恩又翻身趴在地上，把耳朵贴近地面——印第安人用这种办法，能听见来自远方的声音——但他什么都听不到，只有六角手风琴的声音。突然，乔恩真的听到了车轮声，微弱的辗压声。没错！是辆汽车——来了——来了！他跳了起来。他是应该在门廊里等呢，还是冲上楼梯，并且在他们进门的时候大喊"看呢！"，接着就头前脚后地沿着扶手慢慢滑下来？是不是要这样呢？车子拐上了车道。来不及了！乔恩只

在那宽阔的
萨旺尼河上

动听又悲伤

好等在那里，兴奋地跳上跳下。车子呼啸而至，停了下来。爸爸下了车，正是记忆中的模样。他弯下腰来，小乔恩弹跳起来，两人撞在了一起。爸爸说："老天保佑！嗨，好家伙，你怎么变得黑黝黝的！"——正是爸爸会用的口吻。此时，一种莫名的期待和需要，不知不觉地在小乔恩的心底升腾。他带着害羞的神色，久久地看着妈妈，妈妈正朝着他笑呢。妈妈穿着蓝色的裙衫，帽子与发髻上扎着蓝色的头巾。小乔恩尽力往上一跳，双腿绕在她的腰上，紧紧地抱着她。他听到妈妈大口的喘息声，感受到妈妈紧紧地拥抱着他。他与妈妈眼神相对，深蓝色对深棕色，直到妈妈的双唇吻在他的眉毛上。他使尽全身力气，抱紧妈妈。妈妈笑着，吃力地说道："乔恩，你变强壮啦！"

他滑下来，拉着妈妈的手，冲进了大厅。

在老橡树下吃果酱的当儿，乔恩在妈妈身上有些发现，是他以前不曾注意到的，比如妈妈的脸颊是奶油色的，深金色的头发里有些银丝，她的喉咙处也没有结，而贝拉是有的；还有，妈妈做事总是轻手轻脚的。他还注意到，妈妈的眼角出现了一些细纹，眼睛下方有一片好看的阴影。她太美了，保姆"嗒"也好，"女士"也好，珠妮"阿姨"也好，甚至他曾喜欢过的赫丽"阿姨"，都没有妈妈漂亮。贝拉就更别提了，她怎能跟妈妈比呢？脸颊是粉红色的不说，就连举止也总是冒冒失失的。这一发现对他特别重要，连这顿茶点都吃得少了。

下午茶用毕，爸爸与他在花园里转了转，父子俩聊着天。他告诉了爸爸不少事情，不过只是大面上的，避开了他的私生活——拉莫拉克爵士、奥地利士兵以及前三天里感受到的空虚（不过现在又恢复充实了）。爸爸讲了和妈妈去过的一个地方，叫格兰索凡特里姆。很安静的时候，会有小人儿从地下钻出来。听到这儿，乔恩停下脚步，脚后跟向外分开，问道："爸爸，你真信他们从地下钻出来吗？"

"不相信。但我以为你会相信。"爸爸回道。

"为什么呢？"乔恩问道。

"因为你比我小嘛，而且他们都是小精灵呀！"爸爸说。

乔恩鼓起下巴，说道："我可不信精灵的事。从没有见到过。"

"哈哈！"爸爸笑了。

"妈妈信吗？"乔恩问。

爸爸脸上浮现了他那奇怪的微笑。他说道："不信。她眼里只有潘恩。"

"潘恩是什么呀？"乔恩问道。

"是羊仙，整天在旷野和美丽的地方跳来跳去。"爸爸说。

"潘恩在格兰索凡特里姆吗？"乔恩问。

"妈妈说是的。"爸爸回答说。

小乔恩提起脚后跟，继续问道："那你见过潘恩吗？"

"没见过。我只见过维纳斯·安娜迪奥米妮。"爸爸回答道。

乔恩心想，他读过关于希腊和特洛伊的故事，"维纳斯"就在里边，那么"安娜"就是她的教名？"迪奥米妮"就是她的姓咯？但一问才知，"安娜迪奥米妮"是一个词，中间不分开的，意思好像是从泡沫中升起。

"她是在格兰索凡特里姆，从泡沫中升起吗？"乔恩问道。

潘恩

"是啊，每天都如此。"爸爸说。

"她长得什么样呢，爸爸？"乔恩又问。

"像妈妈一样。"爸爸回答道。

"噢！那么她肯定是——"乔恩没再往下说，冲向一堵墙，攀了上去又下来。发现妈妈很漂亮这一点，必须绝对保守秘密，不可让第二个人知道。爸爸的雪茄实在太长了——总也抽不完！终于，乔恩忍不下去了，说道："我想看看妈妈带回了些什么东西，你不介意吧，爸爸？"

他音调低沉，装出了一股男子气概。

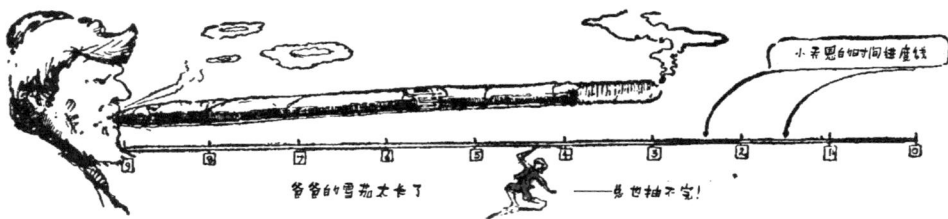

可爸爸看穿了他的心思，这使乔恩一阵窘促。爸爸叹了一口气，回答道："好吧，老伙计，去爱她吧。"

他先是装作不着急，慢慢地走，然后一溜小跑，来弥补慢走落下的时间。他从自己的房间走进妈妈的卧室，门是开着的。她正半跪在一个箱子前，他默不作声地靠近她。

妈妈站直了身子，问道："怎么了，乔恩？"

"我就是过来看看。"乔恩答道。

妈妈又给了他一个拥抱。乔恩爬到

了靠窗的一个座位上，盘腿坐在上面，看着妈妈打开行李。他这样坐着，看着，心情愉悦，部分因为妈妈拿出来的东西看上去有些可疑，部分因为他就是喜欢看着妈妈。她举止特别，与其他任何人都不同，尤其是与贝拉不一样。妈妈是他见过的最优雅的人。终于，妈妈收拾好了箱子，在他面前蹲了下来，问道："想我们了吧，乔恩？"

乔恩点点头，想了想自己的感觉，又点了点头。

"你不是有珠妮'阿姨'陪你吗？"

妈妈问道。

"喔！她带着一个男的，还咳嗽呢。"
乔恩说。

妈妈的脸色变了，看上去几乎是生
气了。他赶紧又补充道："那个人很可怜，
妈妈，他咳嗽得很厉害。我——我喜欢
他的。"

妈妈用双手揽住他的腰，说道："你
喜欢每个人吗，乔恩？"

"我……我喜欢他的。"

此人咳嗽不停，还要用油灰泥做胸像模。

乔恩想了想，说："有一点啦。有个周日，珠妮'阿姨'带我出去了。我有点儿不舒服，所以她很快又把我带回了家，可我并没有生病。回到家，我爬上床，喝了点热白兰地和水，然后读了本书，叫《比其伍德的小子们》，感觉超好！"

妈妈咬起了嘴唇，问道："那是什么时候的事情呢？"

"哦！大约——很久以前了——我想让她再带我去，她就是不肯。"

小乔恩停顿了一下，以慎重的口气说道："我不想长得太大，也不想上学。"

一种强烈的欲望突然涌上心头，促使他继续说下去，说出真实感受。他的脸红了，"我——我想和你待在一起,做你的情人,妈妈。"

然后，出于某种缓解尴尬的本能，乔恩很快又补充道："今晚我也不想睡觉了，每天晚上睡觉，实在是烦死了。"

"是不是又做噩梦了呢？"妈妈问道。

"大概有一次吧。今晚能不能让你房间的门开着呢，妈妈？"

"好吧，就留道缝儿吧。"

小乔恩满意地叹息了一声,问道:"在格兰索凡特里姆你都见到了什么？"

"美呀，宝贝。"妈妈答道。

"美究竟是什么呢？"他又问。

"究竟是什么——哦！乔恩，这可是道难题呀！"妈妈说。

"比如说，我能看见美吗？"乔恩又问。

妈妈站起来，坐到他身边。

"当然啦，每天都可以看到的。天空是美的；星星、月夜，还有鸟儿、花儿、树儿——都是美的。看看窗外，都是美呀，

乔恩。"

"哦！是的，我看到了风景。就是这些吗？"乔恩疑惑道。

"就这些？不是啦。大海就美得惊人，还有泡沫翻滚的海浪。"妈妈说。

"你是不是每天从泡沫中升起呢，妈妈？"乔恩问道。

妈妈笑道："这个嘛，我们游了泳。"

小乔恩突然伸出双手，揽住了妈妈的脖子。

星星的诞生

"我就知道，"他神秘地说，"你就是'美'！真的，其他的都是假扮的。"

　　她叹了口气，笑了，说道："哦！乔恩！"

　　小乔恩带着批判的口吻说道："比如说，你觉得贝拉漂亮吗？我看呢，很难说她漂亮。"

　　"贝拉年轻啊，年轻也是美。"妈妈说。

　　"但你显得比她更年轻，妈妈。要是你俩相撞，受伤的会是她。要我谈谈美的话，我看保姆'嗒'也不漂亮。而'女士'简直就是丑。"

　　"我觉得'女士'的面貌挺好看的呀。"妈妈说。

　　"哦！好吧，'好看'。我爱看你

"你觉得贝拉漂亮吗？"

的细线，妈妈。"

"细线？"妈妈疑惑地说。

小乔恩将手指放到她的眼睛外角上。

"哦！这些细纹？不过是变老的标记罢了。"妈妈说。

"你笑的时候就会出现。"乔恩说。

"但在以前是没有的。"妈妈说道。

"哦！好吧，反正我喜欢。你爱我吗，妈妈？"乔恩问。

"当然。当然爱你呀，宝贝！"妈妈答道。

"一直爱吗？"乔恩又问。

R.M. Smith

"一直爱！"妈妈答道。

"爱得比我想象的更多吗？"乔恩又问。

"多得多呢。"妈妈答道。

"嗯，我对你也是这样的。咱们扯平了。"乔恩说道。

这时，小乔恩意识到，他可从来没有这样兜过自己的底。他突然感觉到一种冲动，想展示一下像拉莫拉克爵士、迪科·尼德汉姆、哈克贝利·费恩以及其他英雄一样的男子汉气概。

"我给你来个表演吧？"他说着，

滑出她的怀抱，来了个身体倒立。妈妈露出惊喜的表情，这让他更来了劲。他爬上床，来了好几个鲤鱼打挺。

当晚，他把爸妈带回来的东西翻了个遍。晚饭过后，爸妈在小圆桌旁相对而坐。无人打搅时，他们经常这样独处。今天，小乔恩坐在他们中间，显得特别兴奋。妈妈穿了条浅灰色的裙子，脖子上围着蕾丝饰带，是玫瑰形棕色布花儿做的。实际上，妈妈的脖子也是棕色的，而且比棕色饰带

一招

二式

更显眼。乔恩的眼睛一直盯着妈妈，直到爸爸那种奇怪的微笑触动了他，他才赶紧把目光移到了自己的那份菠萝片上。已经很晚了，早该上床睡觉了，小乔恩从没有体验过这么晚不睡觉。有妈妈陪着，乔恩脱衣服就磨蹭着，无非是想与妈妈多黏会儿。终于，就剩下睡衣了，乔恩只得说道：

"你得承诺，我祷告的时候，你不会走开。"

"我保证。"妈妈说。

小乔恩跪下来，把脸埋进床里，开始轻声念叨，时而睁开一只眼，看到她静

静地站在那里，脸上带着笑意。他祷告完说："阿妈！注意啦！"他弹了起来，跳入她的怀里，又赖了一会儿。进了被窝后，他还是抓着妈妈的手不放。

"你不会把门缝留得比现在更小的，是吗？你不会离开太长时间的，对吧，妈妈？"乔恩说。

"我得下楼，给你老爸弹首曲子。"妈妈说道。

"哦！嗯，我会听你弹奏的。"乔恩说。

"我可不希望这样，你该睡了。"

妈妈说。

"任何晚上我都可以睡的呀！"乔恩回道。

"唔，今晚就和其他任何晚上是一样的。"妈妈说。

"哦！不嘛——今晚是格外特殊的。"乔恩又说。

"在格外特殊的晚上，人总是睡得最香的。"妈妈道。

"但是妈妈，我睡着了的话，就听不到你上来了。"乔恩说。

"那么，我上来的时候，就进来吻

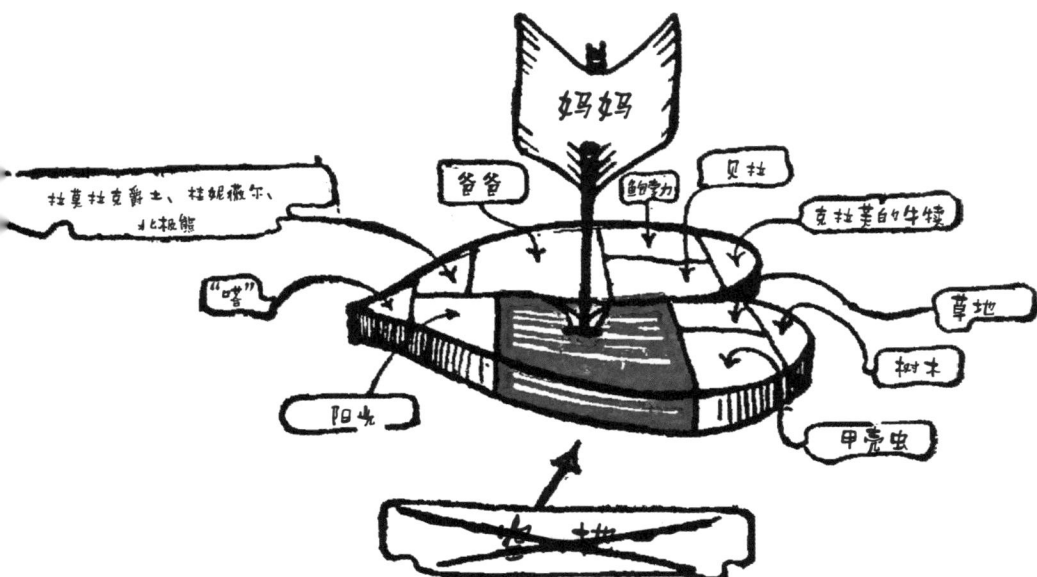

妈妈

杜莫杜克爵士、杜妮薇尔、
北极熊

爸爸

贝拉

鲍的李力

支持莱的牛犊

草地

"喜"

阳光

树木

甲壳虫

女巫

你一下，如果你醒着，你就会知道；要是你睡着了，你还是知道你得到了一个吻。"妈妈说。

小乔恩叹了口气，"好吧！"他说，"看来也只能这样了。妈妈？"

"嗯？"妈妈说道。

"爸爸说的那个人名字叫什么？是维纳斯·安娜·迪奥米德斯吗？"乔恩问道。

"哦！那是我喜欢的女神哎！安娜

圆桌骑士故事里的桂妮薇尔

迪奥米妮。"妈妈回道。

"就是这个名字！但我更喜欢我给你起的名字。"乔恩说。

"那你给我起的什么名字呢，乔恩？"妈妈问。

"桂妮薇尔！来自于圆桌骑士的故事——我只是一下子想到了这个，因为她的头发是披下来的那种。"

妈妈的眼神越过了他，似乎在漂移。

"你不会忘记过来的，是不，妈妈？"乔恩问道。

"你赶紧睡的话，我就不会忘。"

妈妈说。

"那么就这么定了。"乔恩说。

然后，小乔恩就闭上双眼。他感受到妈妈在他额上的吻，听到她离开的脚步声。他睁开眼，看到她向门口飘然而去。乔恩叹了口气，又闭上了眼睛。

他开始计时。有那么十分钟光景，乔恩诚心诚意地想睡觉，一口气数了大量的蓟花，这可是保姆"嗒"教他的，说是快速睡眠法，只是有些老套。他数呀，数呀，好像过了几个小时。他想，应该是时候了，妈妈该上楼来了。他把被子掀开，

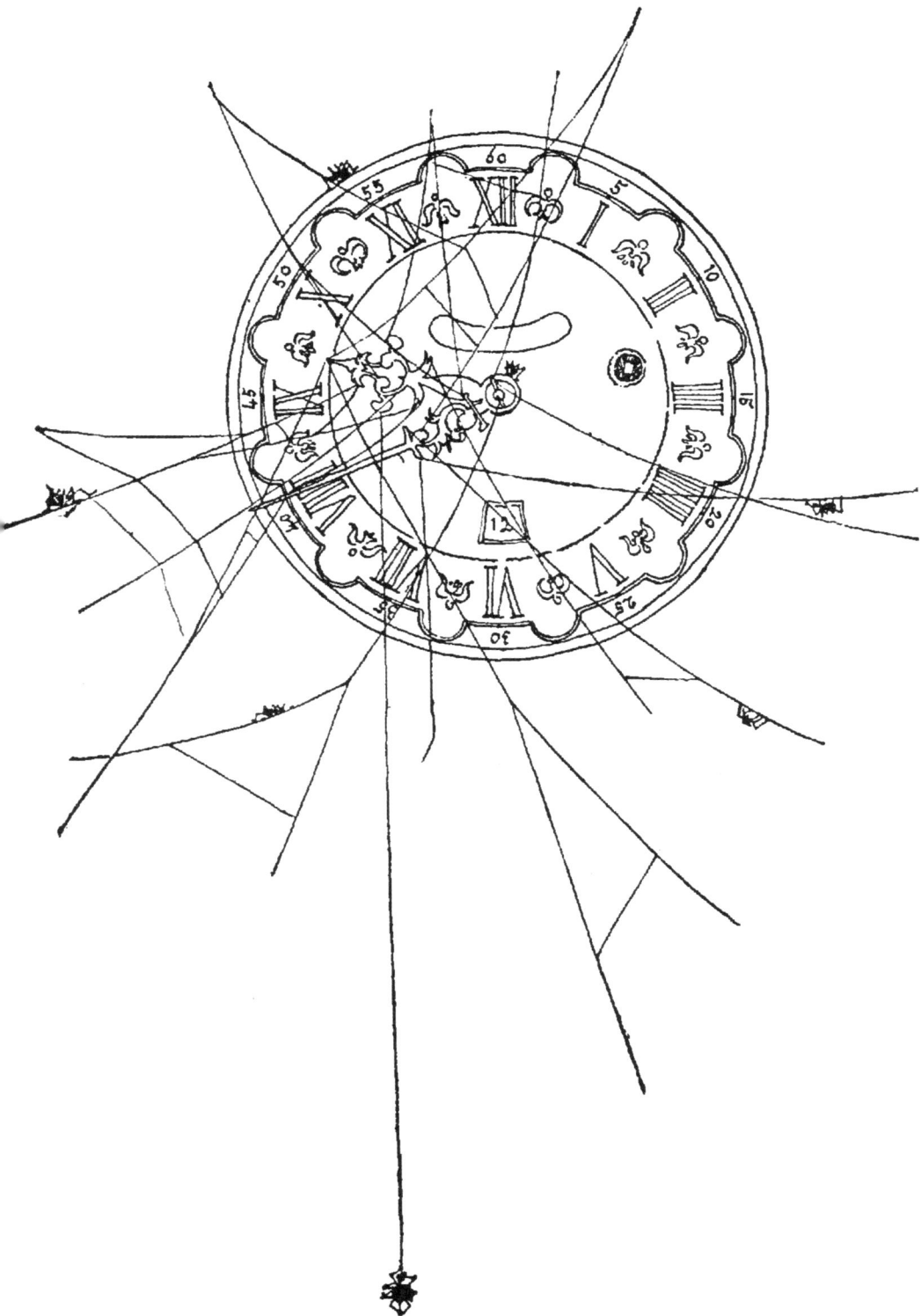

"好热！"他说。在黑暗里，他的声音听起来很可笑，像是别人发出的。妈妈怎么还不来呢？他坐了起来。他要瞧瞧！于是下了床，来到窗边，把窗帘拉开一条缝。外面并不黑，但他判断不出是日光还是月光的缘故。月亮很大，有着一张奇怪、邪恶的面孔，好像在嘲笑他。这样的月亮乔恩不想看到。可是，他又想起了妈妈说过的话——月夜是美的，于是又朝窗外望了望。树枝在地上投下浓重的阴影，草坪呢，看上去像是泼洒了牛奶。很远的地方也都看得到，哦！真的很远呢，直到世界的另

蛋白杏仁饼干

一端，而且看上去那么不同，模模糊糊的。

透过窗户，他嗅到一股好闻的味道。

　　真希望能像诺亚一样，身边有只鸽子。他想。

　　"恍惚的月儿圆又明，照呀，照呀，地儿亮。"

　　这首歌谣一下子闯进他的脑海，他意识到是音乐响起来了，很温柔——太美妙了！是妈妈在弹奏！他想起了自己的小

杏仁饼，就搁在抽屉里，于是走过去拿了
出来，又回到窗边。他把身子探出窗外，
一会儿咀嚼小饼，一会儿又停下来听音
乐。妈妈的月夜弹奏真好听——尤其是在
他吃小杏仁饼的时候！一只金龟子嗡嗡飞
过，又有一只飞蛾朝他脸上扑来。音乐停
了，小乔恩把头缩了回来。一定是她来了！
他可不想让妈妈发现自己还醒着，于是赶
紧回到床上，盖上被子，近乎拉到头顶。
但他没把窗帘拉上，一线月光照了进来，
洒在地板上靠近床脚的位置。他注视着，
月光晃晃悠悠地移动着，像个活物，向他

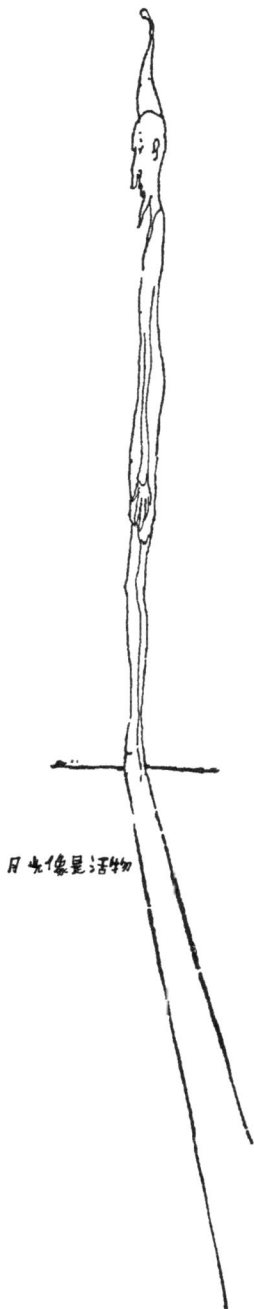

月光像是活物

靠近。琴声又响了起来，但他现在只是刚好能听到，使人困倦的音乐，相当——困倦——的——音乐，困倦——困……

　　琴声起了又落，落了又停。月光爬上了小乔恩的脸。他睡着了，仰面躺着，一只棕色的小手抓着被子，眼皮不停地跳动——他进入了梦境。他梦见自己在用一只圆盘子喝牛奶，这圆盘就是月亮。一只大黑猫正面对着他，脸上带着古怪的笑意，很像他的爸爸。只听猫低声说道："别喝得太多！"当然了，这是猫的牛奶嘛。他友好地伸出手，想抚摸一下这个小东西，但它又不见了。圆盘变成了床，他正躺在床上，他想下床却找不到床沿，找不到床沿——他——他下不了床啦！太可怕了！

睡梦中，乔恩呜咽起来。床开始转起圈来，忽隐忽现，转来转去，越来越快，

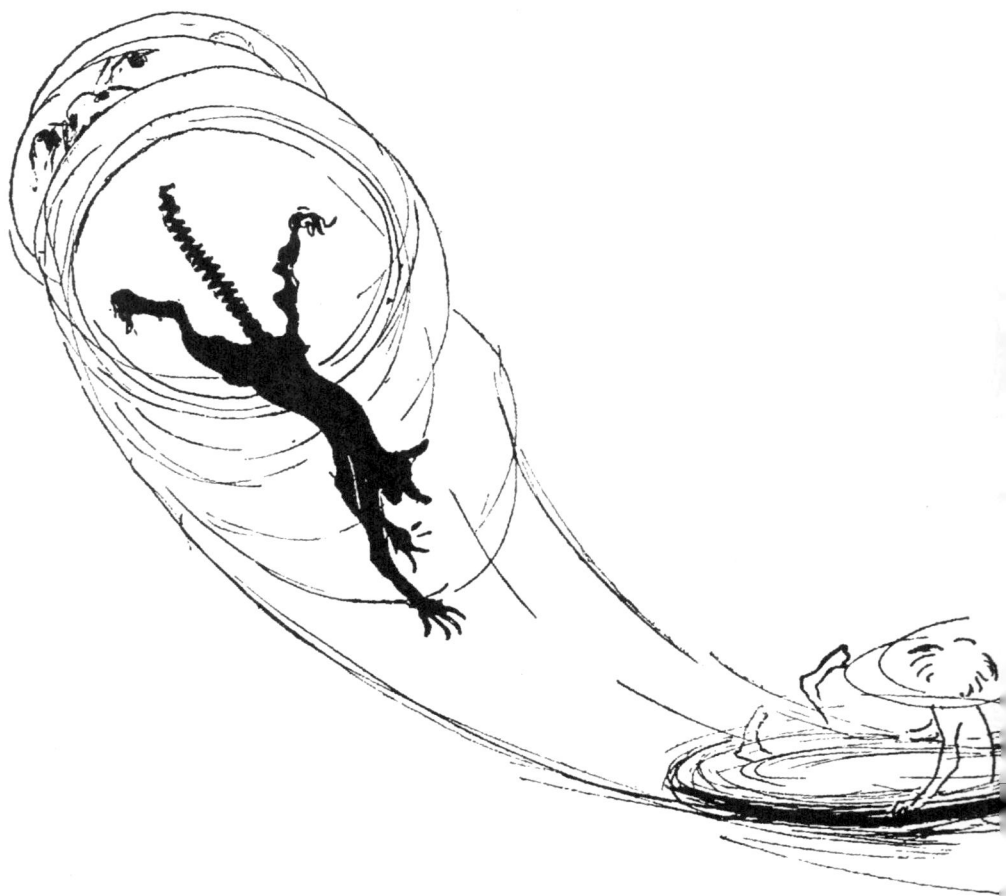

而且是《海上风云》中的郦妈妈在搅动呢！哦！天哪！她看上去太可怕了！越来越快了！他与床、郦妈妈、月亮还有猫在一起，变成了一个轮子，转啊！转啊！升起来，升起来——可怕！——可怕！——

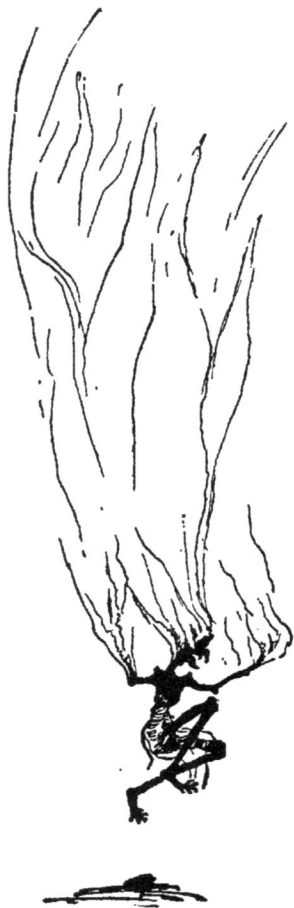

可怕!

他尖叫了起来。

只听一个声音在叫:"宝贝,宝贝!"声音穿透了轮子。他醒了,站在床上,眼睛睁得大大的。

是妈妈,她的头发就像桂妮薇尔的。他一把抱住妈妈,把脸埋在她的长发里。

"哦!哦!"乔恩叫道。

"没事,宝贝。现在你醒了,好了好了,没什么的。"妈妈安慰说。

可小乔恩还是在说:"哦!哦!"

妈妈的声音在他耳边继续,她轻柔地

说:"是月光,宝贝,月光照到了你的脸上。"

小乔恩钻进了她的睡袍里,又说:"可你说过月亮很美的呀。哦!"

"睡在月光里可就不同了,乔恩。是谁让月光进来的?是你拉开的窗帘吗?"妈妈问道。

"我是想看看时间的;我——我看了看外面,我——我听到你弹琴,妈妈。我——我吃了杏仁饼。"慢慢地,乔恩平息了下来,开始为恐惧寻找托词——这是一种本能,此刻在他心里被唤醒了。

"郦妈妈在我脑子里转,搞得很凶

呢。"他咕哝着。

"嗯，乔恩，上了床你还吃杏仁饼，你想会有什么好梦呢？"妈妈说。

"我只吃了一块，妈妈，但有了这块饼干，音乐听上去更美妙了。我在等你呢，我几乎都以为已经是明天了。"乔恩说道。

"亲爱的，现在才刚到十一点呢！"妈妈说道。

小乔恩不做声了，用鼻子蹭着她的脖子。

"妈妈，爸爸在不在你房间里呢？"

"今晚不在。"她回答。

"那我能来吗？"乔恩问道。

"如果你想，那就来吧，宝贝。"妈妈说。

小乔恩的自我意识有点恢复了，他往后退了退。

"你看上去不太一样了，妈妈，比以前更年轻了。"

"是发型的原因吧，亲爱的。"妈妈说。

小乔恩握住她的头发，感觉非常浓密，宛如黑金色的瀑布垂下来，也有一些

银丝夹杂其中。

"我喜欢你现在这个样子的头发，"乔恩说道，"你这个样子我最喜欢了。"

乔恩牵着妈妈的手，拉着她向门口走，穿过中间的隔门，随手把门关上，如释重负地松了一口气。

"你睡床的哪一边呢，妈妈？"乔恩问道。

"左边。"妈妈回答。

"那好吧。"乔恩说。

乔恩立刻爬上床，不给妈妈改变主意的机会。这床可比自己的床软多了。他又舒了一口气，双手将枕头卷起，形成个半圈儿，将头靠了进去，脑海中却浮现了充斥着战车、利剑与长矛的战斗场景。这种战斗总在睡觉的时候出现，令人毛发直立。

"实际上，真的没什么的，是吗？"乔恩问道。

妈妈坐在梳妆镜前，"真的没什么的。只有月亮和想象让你的头脑发热。不可以这么兴奋的，乔恩。"她说。

尽管如此，小乔恩还是抑制不住自己的情绪，不无自夸地说："我真的不怕。

当然是不怕的！"可他躺在那里，眼前又浮现了长矛和战车，而且久久挥之不去。

"哦！妈妈，你快点来好不好！"他有些着急了。

"亲爱的，我得把头发编一下。"妈妈说道。

"哦！今晚就别弄了，明早你还得放下来。我现在困了，如果你还不来，我就会变得不困了。"乔恩说。

妈妈站起来，一身白色睡衣，飘然若仙。从梳妆台的侧镜里，能看到三个她，颈项微转，秀发在灯光下显得透明，深色的眼睛微笑着。编头发实在没有必要了，他说："快来嘛！妈妈，我等着呢。"

"好的，我的心肝，来了。"妈妈说。

小乔恩闭上眼睛，一切进展顺利，令人满意，只是妈妈要快点。他感觉到床动了一下，妈妈上了床。乔恩还是眼睛闭着，困倦地说："好极了，不是吗？"

蒙眬中，他听到妈妈说了什么，感觉她的唇碰了他的鼻子。他依偎在妈妈怀里，而妈妈呢，躺在床上醒着，充满了爱意，思绪万千。他睡得很沉很香，一夜无梦，给他不安分的过去画上了圆满的句号。

The End

## 图书在版编目（CIP）数据

我的心发芽了 / （英）约翰·高尔斯华绥著；尚新
译 . -- 上海：上海人民美术出版社，2021.2（2023.7 重印）
（大作家写给孩子们）
ISBN 978-7-5586-1840-6

Ⅰ．①我…　Ⅱ．①约…②尚…　Ⅲ．①童话－英国－
近代 Ⅳ．① I561.88

中国版本图书馆 CIP 数据核字 (2020) 第 225809 号

------

## 我的心发芽了

著　　者：[英] 约翰·高尔斯华绥
译　　者：尚　新
项目统筹：尚　飞
责任编辑：康　华　周燕琼
特约编辑：丁侠逊
装帧设计：墨白空间·李　易
出版发行：上海人民美术出版社
　　　　　（上海市号景路159弄A座7楼）
　　　　　邮编：201101 电话：021-53201888
印　　刷：河北中科印刷科技发展有限公司
开　　本：889mm×1240mm 1/32
字　　数：22千字
印　　张：3.25
版　　次：2021年4月第1版
印　　次：2023年7月第7次
书　　号：978-7-5586-1840-6
定　　价：45.00元

读者服务：reader@hinabook.com 188-1142-1266
投稿服务：onebook@hinabook.com 133-6631-2326
直销服务：buy@hinabook.com 133-6657-3072
网上订购：https://hinabook.tmall.com/（天猫官方直营店）